Uległy Pisarz

Erika Sanders

Seria

Dominacja i erotyczna uległość

Streszczenie

Największą obawą Samanty było to, że ktoś ją rozpozna na tych zdjęciach.

Ale problem ten został rozwiązany poprzez zastosowanie cienkiej maski.

Maska była mała i zakrywała tylko oczy i nos, co wystarczało, aby zachować anonimowość.

Uległy Pisarz to powieść o silnych treściach erotycznych BDSM i z kolei nowa powieść należąca do kolekcji Erotic Domination and Submission, serii powieści o dużej zawartości romantycznej i erotycznej BDSM.

(Wszystkie postacie mają ukończone 18 lat)

Uwaga o autorze:

Erika Sanders to znana na całym świecie pisarka, tłumaczona na ponad dwadzieścia języków, która swoje najbardziej erotyczne teksty, odbiegające od zwykłej prozy, podpisuje panieńskim nazwiskiem.

Indeks:

ULEGŁY PISARZ
ERIKA SANDERS

CZĘŚĆ PIERWSZA
REAKCJA

ROZDZIAŁ I

Największą obawą Samanty było to, że ktoś ją rozpozna na tych zdjęciach.

Ale problem ten został rozwiązany poprzez zastosowanie cienkiej maski.

Maska była mała i zakrywała tylko oczy i nos, co wystarczało, aby zachować anonimowość.

Przyjmowała fotografowi różne pozy.

To była elegancka sesja zdjęciowa z uległym tonem.

Kilka lin związało lekko jej drobne i szczupłe ciało, które było okryte cienką czarną sukienką.

Jej nadgarstki również były związane i teraz robiono zdjęcia jej leżącej na ziemi.

Była to sesja artystyczna przeprowadzona przez pół-sławnego lokalnego fotografa, który sprzedawał portrety w różnych galeriach sztuki.

„No cóż, bardzo pięknie" – stwierdził fotograf i odszedł. „Odwróć się. Na brzuch. Dobrze. Przewróć się."

To była najlepsza zabawa, jaką Samanta miała od dłuższego czasu.

Odwróciła się jak uwięziony szczeniak.

Potem się przewróciła.

Na jego twarzy pojawił się lekki uśmiech, spełniając swoją fantazję.

Fotograf zauważył uśmiech Samanty i odwzajemnił ten uśmiech, robiąc przy tym więcej zdjęć.

„Myślę, że na dzisiaj skończyliśmy" – powiedział, opuszczając kamerę. – Byłeś doskonały.

Wstała i podeszła do niego ze związanymi nadgarstkami skierowanymi do przodu.

„Po prostu zrobiłem, co mi kazałeś" – uśmiechnął się.

Fotograf rozwiązał jej nadgarstki, w końcu uwalniając ją ze wszystkich więzów niewoli.

Na jego nadgarstkach widniały małe czerwone ślady.

„Przepraszam za to. Może zacisnąłem je trochę za ciasno."

Potrząsnęła głową i zdjęła maskę.

„Nie martw się tym. Myślę, że ciągnąłem za mocno. A ślady wkrótce znikną".

"Twarda dziewczyna."

„A propos bycia twardym, czy jest szansa na dodatkową pracę?"

„To zależy" – odpowiedział fotograf. „Za kilka tygodni odbędzie się pokaz sztuki . Jeśli Twoje portrety się sprzedają, z chęcią zatrudnię Cię do zrobienia większej liczby zdjęć".

Uśmiechnęła się.

"Nie mogę się tego doczekać."

ROZDZIAŁ II

Ubrawszy się, Samanta poszła prosto do swojej sypialni.

W szkole było jeszcze mnóstwo pracy.

Najbardziej wymagającymi zajęciami w semestrze był jej kurs kreatywnego pisania, który skupiał się na tworzeniu pełnometrażowych opowiadań.

To były zajęcia, nad którymi chciał pracować najbardziej, ponieważ dzięki nim mógł pisać.

Uwielbiała pisać.

A ona chciała kiedyś zostać pisarką.

Co najważniejsze, dało mu to platformę do rozpoczęcia pisania swojej pierwszej powieści pod okiem wybitnego profesora.

Był profesorem, którego głęboko podziwiałem na długo przed uczęszczaniem na jego zajęcia.

Był profesorem i napisał kilka książek, które Samanta uwielbiała i czytała, gdy dorastała.

Te stare książki wpłynęły na styl pisania Samanty i była podekscytowana możliwością, że będzie ją uczył.

Siedząc na łóżku, skończyła pisać jednostronicowy zarys swojej następnej wymyślonej historii.

Musiał wysłać to profesorowi przed następnym spotkaniem.

Po wielu godzinach pisania i myślenia stan transu Samanty został przerwany kilkoma uderzeniami w ścianę.

Była to jej piękna współlokatorka i najlepsza przyjaciółka od czasów liceum, ubrana jedynie w ręcznik i z włosami świeżo wysuszonymi po prysznicu.

– Nadal piszesz swoje rzeczy? – zapytała Viki.

– Och, oczywiście, wciąż nad tym pracuję.

„No i jak poszło dzisiaj twoim zdjęciom?"

Samanta pokazała kciuk w górę.

"Całkiem dobry."

„Chciałbym zobaczyć nową książkę".

– Poczekaj, sprawdzę, czy już mi je wysłał.

Samanta szybko otworzyła swoje konto Gmail i zobaczyła kilka nowych e-maili.

Otrzymał e-mail od fotografa, który otworzył i pobrał zawarty w nim plik.

W sumie powstało trzydzieści osiem obrazów.

„ Są tutaj, zaraz ci je wyślę" – powiedziała Samanta. „I daj mi znać, co myślisz. Osobiście uważam, że to bardzo dobra rzecz. Podoba mi się bardziej niż to, co zrobiłem ostatnim razem".

Oczywiście Samantha bardzo ceniła sobie opinię Vicky w tej kwestii, ponieważ jej przyjaciółka sama wykonała wiele pracy w modelingu, a ona także planowała pewnego dnia pracować w branży modowej jako projektantka.

Vicky rzuciła ręcznik i stanęła naga.

– Sprawdzę je później. Brałeś już prysznic? Impreza jest za godzinę.

„O cholera."

Vicky założyła stanik.

– To jeden z tych dni, co?

– Cholera, poczekaj.

Samanta szybko otworzyła swoją pocztę e-mail i napisała wiadomość do profesora.

Załączyła dokument Worda i wysłała go.

Następnie Samanta otworzyła kolejnego e-maila i napisała krótką wiadomość do Vicky.

Załączyła plik z trzydziestoma ośmioma zdjęciami uległych niewolników i wysłała e-mail.

Następnie Samanta zamknęła laptopa i wyskoczyła z łóżka.

Minęła swoją półnagą współlokatorkę i weszła do małej łazienki, która wciąż była trochę wilgotna, odkąd Vicky właśnie z niej skorzystała.

Rozebrał się, po czym wszedł do kabiny prysznicowej i odkręcił kran, by wypuścić wodospad gorącej wody.

Myjąc i myjąc włosy, Samanta myślała o swoim kolejnym projekcie pisarskim i spotkaniu z profesorem.

Zastanawiał się, jak wyjaśni swoją pracę.

Jak by to przedstawiła.

Jak miał się wyrazić?

Główne punkty, które chciał przekazać, aby profesor zrozumiał jego myśli i, miejmy nadzieję, zapewnił mu tak potrzebną aprobatę i zrozumienie.

Myślał także o błahych rzeczach, na przykład o tym, w co się ubrać.

Chciała wyglądać elegancko, ale odważnie, nie wysyłając przy tym złych sygnałów.

Chciała wyglądać na mądrą, ale jednocześnie nie być zbyt spięta.

Nie chciał też wydawać się zbyt prosty ani łatwy, bo straciłby szacunek nauczyciela.

Musiała dobrze wyglądać.

Może później zapyta Vicky o opinię w tej sprawie.

Samanta zakręciła wodę, wysuszyła włosy i wróciła do pokoju w akademiku, gdzie Vicky była już ubrana i korzystała z własnego laptopa.

„Co sądzisz o zdjęciach?" – zapytała Samanta, zaglądając do swojej szafy.

– Masz na myśli swoje pisanie?

– Nie, oczywiście do moich zdjęć.

„No cóż, przypadkowo wysłałeś mi swój tekst" – poinformowała Vicky. „Wygląda całkiem nieźle. Nie jestem wielkim czytelnikiem, ale kupiłbym tę książkę, gdybyś ją napisał".

Samanta zamarła.

Jego oczy się rozszerzyły, a żołądek zatonął.

Pospieszył do laptopa i sprawdził swoje konto Gmail.

Sprawdził wysłane e-maile, żeby zobaczyć wiadomość, którą wysłał do profesora.

Następnie przejrzał załączony plik.

"O Boże".

Zakrył usta dłonią, gdy zdał sobie sprawę, że przypadkowo wysłał profesorowi trzydzieści osiem zdjęć niewoli.

„Moje... życie... jest... zrujnowane" – jęknęła Samanta, padając na łóżko, chcąc przy tym płakać.

„Cholera, czy właśnie wysłałeś te zdjęcia swojemu nauczycielowi?" Vicky roześmiała się w zabawny sposób.

Samanta ukryła twarz w poduszce.

"Nie chcę o tym rozmawiać."

„Spójrz na dobrą stronę. Jeśli to normalny facet, prawdopodobnie wystawi ci piątkę za zajęcia. Minusem jest to, że prawdopodobnie będziesz musiał possać mu kutasa. Chyba, że jest seksowny, wtedy będziesz na niego czekał niezła gratka. Wiesz, cały ten temat nauczyciela/ucznia.

„Spotkam się z nim jutro. Boże, mam nadzieję, że nie zgłosi mnie za próbę nagabywania się o seks czy coś. Mogłabym zostać wyrzucona ze szkoły".

„Czy istnieje zasada zabraniająca wysyłania nauczycielowi uległych zdjęć?" – zapytała Viki.

„Nie wiem".

„No cóż, bardzo szybko wziąłeś prysznic. Może jeszcze tego nie widział. Dlaczego do niego nie zadzwonisz i nie powiesz mu, żeby nie zaglądał do twoich e-maili?"

Samanta usiadła prosto, ze łzami w oczach.

„Jesteś geniuszem".

Szukał w programie kursu numeru telefonu komórkowego profesora, ale w przeciwieństwie do innych profesorów go tam nie było.

Jedyne wyjście to modlić się, żeby jeszcze tego nie widział.

Z wyprzedzeniem wysłała kolejną wiadomość ostrzegawczą.

Wysłała e-mail o tytule: PROSZĘ NIE OTWIERAĆ DRUGIEGO E-MAILA

"Nauczyciel,

Jestem Samanta. Jutro rano jesteśmy umówieni na spotkanie. Kilka chwil temu wysłałem Ci kolejnego e-maila. Mam szczerą nadzieję, że tego nie otworzył. Jeśli nie, proszę tego nie robić. Jeśli tak, bardzo mi przykro. To był wypadek.

Tutaj przesyłam Ci mój tekst.

Mam nadzieję, że ten błąd nie zagrozi naszym stosunkom akademickim. Nadal planuję spotkać się z nim jutro, aby omówić projekt pisarski.

Z najlepszymi życzeniami,

„Samanta."

Następnie załączył plik z napisem, sprawdzając, czy tym razem zrobił to poprawnie.

Po wysłaniu wiadomości Samanta opadła z powrotem na łóżko.

Uświadomiła sobie, że jej ręcznik się rozpiął i lewa pierś była częściowo odsłonięta, ale nie przejmowała się tym.

Musiałem jeszcze dotrzeć na imprezę.

Nie miał jednak pojęcia, czy kiedykolwiek będzie jeszcze mógł się dobrze bawić.

ROZDZIAŁ III

Tuż przed porannym spotkaniem Samanta rozgościła się, wyciągając trochę ubrań ze swojej szafy.

Spodnie khaki, biała koszula zapinana na guziki i ciemna kamizelka.

Nieformalnie, ale z klasą.

Włosy miała związane w kucyk i nosiła minimalistyczny makijaż.

Ostatnią rzeczą, na którą miałam ochotę, było wywołanie erotycznych wibracji, zwłaszcza po tym strasznym błędzie w e-mailu, na który profesor również nie zadał sobie trudu, aby odpowiedzieć.

Poszła do jego biura w budynku humanistycznym.

Kiedy tam dotarł, zobaczył przez szklane drzwi profesora siedzącego za biurkiem i korzystającego z komputera.

Samanta była trochę zirytowana faktem, że profesor był na jego komputerze, i nigdy nie zadała sobie trudu, aby odpisać jej e-mailem.

No cóż, pomyślał, oszczędziłoby mu to trochę niezręczności.

Zapukał do drzwi, żeby zwrócić ich uwagę.

„W samą porę" – powiedział profesor. „Zamknij drzwi i usiądź".

Nauczycielka była od niej dużo starsza.

może czterdzieści pięć, pięćdziesiąt lat, czyli dwa razy więcej.

Był całkiem przystojny, miał surową i silną postawę.

Miał w sobie coś mądrego, co świadczyło o tym, że był bardzo inteligentną osobą.

Zamknął drzwi i usiadł na krześle przed biurkiem nauczyciela.

Usiadł wyprostowany, zachowując idealną postawę, a temat e-maila wciąż pozostawał w jego umyśle.

Zastanawiała się, czy się tym zajmie, czy nie.

Do tej pory wydawało się, że tak nie jest.

Zamiast tego profesor położył na biurku kartkę papieru.

Był to wydruk pracy domowej Samanty, pokryty odręcznymi notatkami.

„Jestem staroświecki" – powiedział. „Wolę pisać na papierze i komentować piórem. Może zaczniemy teraz?"

Skinęła głową.

"Oczywiście."

„Przejdę do sedna, podobają mi się Twoje pomysły. Historia młodej kobiety, która znalazła swoją drogę w życiu, często się powtarza, ale jest to nowy zwrot akcji. Jeśli dobrze pamiętam, pierwszego dnia oczywiście powiedziałeś, że chcesz zostać pisarzem, prawda?"

Skinęła głową.

– Tak właśnie jest.

„I powiedziałeś, że chcesz zamienić tę książkę w swoją pierwszą powieść, którą masz nadzieję pewnego dnia opublikować, czy to też prawda?"

„To absolutna prawda. I nie mówiłem ci tego, ale tak naprawdę jestem wielkim fanem twoich książek. Są dla mnie inspirujące. I naprawdę cenię twoje komentarze".

„Doceniam te miłe słowa" – powiedział spokojnym tonem. „Jestem tu dla Ciebie i wszystkich innych moich uczniów. Dlatego zostałam nauczycielką, aby przekazać swoją wiedzę, cokolwiek posiadam, aby pomóc następnemu pokoleniu pisarzy".

Samanta spojrzała na niego z mieszaniną troski i udręki, jakby czuła się głęboko upokorzona samym siedzeniem.

"Coś jest nie tak?" zapytał nauczyciel.

Zebrała się na odwagę.

„Czy sprawdziłeś pocztę wczoraj wieczorem?"

„Oczywiście, że tak. Rozmawiamy o twoim zadaniu pisemnym, prawda?"

Poczuła się jak idiotka.

„Nie ten e-mail. Miałem na myśli ten drugi, wiesz, e-mail wysłany przez przypadek. Był w załączniku plik. Pobrałeś go?"

„Moim zadaniem jest sprawdzanie, co wysyłają mi uczniowie. Więc tak, kiedy zobaczyłem załącznik, otworzyłem go".

„Widziałeś moje zdjęcia?" – zapytała retorycznie Samanta.

„Nagłówek twojego e-maila brzmiał, że to twoja praca domowa. Nie czytam w myślach, Samanto. Tak, widziałem twoje zdjęcia. Ale nie wstydź się".

Odetchnęła krótko z ulgą.

– Więc nie jesteś mną rozczarowany?

– Dlaczego miałbym być?

„Ponieważ jego studentka, która studiuje na prestiżowej uczelni, będzie pozować do takich zdjęć".

„Nie oceniam ludzi za szukanie innych ścieżek" – odpowiedział. „O to właśnie chodzi w życiu, prawda? Odkrywanie tego, co lubisz, a czego nie, a następnie podejmowanie decyzji".

"Dziękuję."

"Ponieważ?"

„Dziękuję, że nie zachowałeś się jak palant" – powiedział. „Przepraszam za słownictwo, ale jestem pewna, że inni profesorowie z tej uczelni wyrzuciliby mnie. Albo to, albo zażądaliby seksu oralnego czy czegoś takiego".

– Właściwie to miałem poprosić o twoje usługi.

Była zaskoczona.

"Oh naprawdę?"

„Tylko żartuję. Prawdopodobnie masz rację. Inni nauczyciele mogli zinterpretować tego e-maila jako prośbę o charakterze seksualnym. Ale ja nie jestem taki jak inni nauczyciele. Rozumiem, że ludzie popełniają błędy przy wysyłaniu e-maili".

– A co z samymi zdjęciami? zapytała. – Czy uważasz to za błąd z mojej strony?

"Czy ty?"

Samanta siedziała wyprostowana i wyzywająca.

„Nie, nie wiem. Jestem dumny ze zdjęć, które mi zrobili. Uważam, że są piękne i artystyczne".

– Jeśli tak myślisz, kim jestem, żeby to oceniać ?

„Cieszę się, że do tego doszliśmy" – odpowiedziała z ulgą.

„Dlaczego nie uwzględnisz tego w swojej powieści? Wspomniałeś o motywach seksualności w historii, którą planujesz napisać, więc dlaczego nie włączyć niektórych z nich? Nie musisz wdawać się w szczegóły, ale porozmawiaj o swoich własne poszukiwania."

– Szczerze mówiąc, nie wiem, czy mi się to uda.

„Czy masz doświadczenie związane ze stylem życia przedstawionym na tych zdjęciach?" – zapytał.

Potrząsnęła głową.

"Nie bardzo ".

– Dlaczego nie, jeśli mogę zapytać ?

Samanta zamyśliła się na chwilę.

„Nigdy nie znalazłam nikogo, komu mogłabym to zrobić. To znaczy uprawianie seksu to jedno, ale uległość to coś innego. Czuję, że jest to o wiele bardziej intymne i należy się nim dzielić tylko z odpowiednią osobą".

"Dlatego cię lubię. Jesteś mądry, utalentowany i silny. Jest wielu idiotów. Ale prawdziwy związek Mistrz - uległość opiera się na zaufaniu i uczuciu. Mistrz musi szanować uległego. Musi istnieć zaufanie Tylko wtedy uległa będzie mogła całkowicie swobodnie odpuścić.

Na jej twarzy pojawił się uśmiech.

– Skąd to wszystko wiesz?

„Zwykle o tym nie mówię, ale byłam Mistrzynią kilku kobiet w moim życiu. Kobiety były bardzo uległe i dawały mi całkowite posłuszeństwo. W zamian zaopiekowałam się nimi emocjonalnie i seksualnie. Ich podstawą były relacje na zaufaniu i wzajemnym zrozumieniu."

Przez chwilę Samanta była zdumiona.

Spodziewała się, że data w biurze będzie boleśnie niezręczna.

Zamiast tego dostała zaawansowanego seksualnie nauczyciela, który najwyraźniej ją rozumiał.

„W porządku" – powiedziała. „Myślę, że masz rację. Warto włączyć niektóre z tych rzeczy do mojego projektu pisarskiego. Oczywiście nie wszystko, co dotyczy niewolnictwa, ale autorefleksja i odkrycia".

Nauczyciel złożył kartkę.

„Więc teraz nie będziesz potrzebował wszystkich moich notatek, ponieważ historia się zmieniła. Ale zabierz je ze sobą. Sugeruję, abyś znalazł nową historię do drugiej połowy swojej powieści, wraz z nowym zakończeniem. Wielu uczniów uważa to za Sam kurs otwiera oczy. Podczas pisania uczą się nowych rzeczy o sobie. To właśnie uwielbiam w nauczaniu".

Samantę ogarnęło uczucie rozczarowania, gdy nauczycielka położyła przed nią złożoną kartkę.

– Czy nasze spotkanie się skończyło? zapytała.

„Tak. Oczywiście musisz zmienić części swojej historii, więc moje komentarze są w zasadzie bezużyteczne".

„Czy możemy się jeszcze spotkać? Nadal chciałem z tobą porozmawiać, aby uzyskać wskazówki dotyczące pisania".

„Możemy omówić tekst, kiedy już uporasz się z fabułą".

Samantę ogarnęło poczucie nowo odkrytej pewności siebie i zrozumienia.

To było jak objawienie.

Jego miłość do niewolnictwa i pisania najwyraźniej połączyły się po raz pierwszy.

Skinęła głową.

„Dziękuję za wszystko. Jesteś najlepszy."

– Dlaczego mam wrażenie, że coś planujesz?

„To dopiero moja pierwsza powieść" – uśmiechnął się.

„Miałem na myśli to, co powiedziałem. Podoba mi się to, że jesteś ostrożny w stosunku do swoich fantazji i ciała. Jeśli mogę cię nauczyć tylko jednej rzeczy, to nie robić nic głupiego ze swoim ciałem. Szanuj siebie. To jest najważniejsze czego mogę nauczyć młodą kobietę taką jak ty.

W tym momencie Samanta poczuła coś do profesora.

Poczuł to w umyśle, sercu i między nogami.

Wiedziała to.

I profesor zdała sobie sprawę, o czym musi myśleć.

CZĘŚĆ DRUGA
ZDJĘCIA

ROZDZIAŁ I

Minęło kilka tygodni.

Po sukcesie w galerii sztuki fotograf poprosił Samantę, aby wróciła do studia w celu wykonania większej liczby zdjęć, a ona chętnie się zgodziła.

To była ich szansa na ucieczkę od stresów życia i oddanie się fantazjom.

Poza tym pieniądze, które za to otrzyma, były dobre.

Jako kostium miała na sobie mały czarny strój, który składał się ze skórzanego stanika i majtek.

Nosił także czarne buty.

Wreszcie, co najważniejsze, miał na sobie małą czarną maskę.

Nie daj Boże, żeby ktoś ją rozpoznał.

Zakładając strój i maskę, Samanta poczuła przypływ podniecenia podczas przygotowań do sesji zdjęciowej.

W dziwny sposób rozumiała potrzeby, jakie mają osoby uzależnione.

To było jego uzależnienie.

Coś, czego pragnęłam emocjonalnie i fizycznie.

Gdy była już gotowa, weszła do studia, gdzie fotograf przygotowywał swój aparat.

Światła, rekwizyty i tła były już na swoim miejscu.

Prowadzili swoje zwykłe rozmowy i żarty.

Samanta wyraziła swoją wdzięczność i radość, że pozostałe portrety dobrze się sprzedały.

Fotografka podkreśliła, że to wszystko dzięki niej.

– Czy zaczniemy tam, gdzie skończyliśmy? – zapytał fotograf, trzymając aparat w dłoni z paskiem na szyi.

„Właściwie, chciałbym dziś spróbować czegoś trochę innego".

Wydawał się na to otwarty.

– Masz coś na myśli?

„Niezupełnie. Nie wiem. Ale czuję się trochę bardziej żądny przygód".

Pomyślał przez chwilę.

„Co powiesz na pokazanie większej ilości skóry? Wiem, że zawsze się tym martwiłeś, ale większa ilość skóry zwykle pomaga w sprzedaży".

Po krótkiej chwili wahania Samanta ściągnęła lewą stronę stanika w dół, częściowo odsłaniając swój mały różowy sutek.

"Co z tym?" zapytała.

Podchodził do tego profesjonalnie.

„Możemy to zrobić w ten sposób. Jasne. A co z niewolnictwem? Tak jak poprzednio?"

„Tym razem ręce za plecami. I na kolanach. Podoba mi się to, jak bezbronnie będę wyglądać".

– Czy było coś dzisiaj w twojej kawie? – zażartował.

„Zostaw to. Jestem tylko kobietą z pomysłem".

„Cokolwiek powiesz. Podoba mi się ten pomysł. Zacznijmy od tego . Zwiążę ci nadgarstki od tyłu".

Fotograf opuścił aparat i zawiesił go na szyi.

Potem poszedł po liny.

Samanta odwróciła się i założyła ręce za plecy.

Zanim przywiązał do niej liny, zatrzymała go.

– Poczekaj, poczekaj chwilę.

Samanta sięgnęła do przodu i lekko ściągnęła prawą stronę stanika, odsłaniając dwa małe, różowe sutki.

Następnie szybko ponownie założył ręce za plecy.

„OK, jestem już gotowa" – powiedziała.

Fotograf zawiązał linę i utworzył węzeł, łącząc dłonie Samanty.

Dało jej to dziwne uczucie satysfakcji, zwłaszcza teraz, gdy jej sutki były odsłonięte.

„Teraz jesteśmy gotowi, aby przejść dalej. Przyjmij pozę. Ponieważ masz dzisiaj ochotę na przygodę, pozwolę ci improwizować. Rób, co chcesz".

Samanta stanęła twarzą w twarz z fotografem, który cofnął się kilka kroków i zaczął robić zdjęcia.

Poczuła się dziwnie , gdy mężczyzna robił zdjęcia jej nagim sutkom, gdy miała związane ręce.

To było tak ekscytujące, że poczuła pulsowanie między nogami i mrowienie w sutkach.

Niewiele mógł zrobić z rękami.

A ja byłam przyzwyczajona do otrzymywania instrukcji podczas modelowania.

Dlatego początek był trochę niezręczny.

Powoli się do tego przyzwyczajał, poruszając ramionami, biodrami i stopami, tworząc różne pozy.

Potem padł na kolana.

Bezbronna poza.

Robił różne zdjęcia pod różnymi kątami.

Obróciła się na bok.

Zrobił mu więcej zdjęć.

Przekręciła się na drugi bok, przyciskając brzuch i sutki do podłogi.

Zrobił zdjęcia jej tyłka.

Następnie przekręciła się na plecy, ręce związane z tyłu i sutki skierowane ku górze.

Zrobił więcej zdjęć i poczuł przypływ adrenaliny.

Dziękuję Bogu za maskę, która pozwoliła mu zachować tożsamość, gdy te obrazy zostaną opublikowane w różnych galeriach sztuki, i Bóg wie ilu ludzi je zobaczy.

Ekshibicjonizm był dla niej dziwnym uczuciem.

Ale nie tak bardzo, jak uległość.

ROZDZIAŁ II

Po krótkiej sesji masturbacji w swojej sypialni Samanta umyła ręce i położyła się do łóżka.

Usiadła prosto, z plecami opartymi na poduszce i laptopem na kolanach.

Świeżo po sesji zdjęciowej była uzbrojona w nowe emocje i doświadczenia, co było idealne dla takiej pisarki-amatora jak ona.

Otworzył edytor tekstu i kontynuował swoje zadanie pisarskie, które stało się także podstawą jego pierwszej powieści.

Już zrobiłem kilka stron.

Kiedy Samanta pisała, natrafiła na przeszkodę.

Zastanawiał się, jaką część swojego życia osobistego wykorzysta.

Zastanawiał się, w jakim stopniu bohater tej historii zdecyduje się eksplorować.

I zbadać co?

Fantazją Samanty było uległość seksualna.

To jest to, za czym zawsze tęskniła.

Tego właśnie chciała.

Ale umieszczenie tego w książce pozwoli twojej rodzinie i przyjaciołom poznać twoje wewnętrzne przemyślenia, ponieważ wszyscy będą to czytać.

Zastanawialiby się, czy Samanta pisała czysto fikcyjną historię, czy też wyrażała własne pragnienia i używała książki jako środka komunikacji.

To był dylemat pisarza.

Na szczęście znała mężczyznę, z którym mogła o tym porozmawiać.

Otworzył swoje konto Gmail i zobaczył, że ma dwa e-maile.

Jedno od przyjaciela, drugie od fotografa, który właśnie wysłał e-mailem ostatni zestaw zdjęć, które zrobili wcześniej tego dnia.

Ale to nie było teraz ważne.

Napisała wiadomość o bezpośrednim nagłówku: Czy możemy się spotkać?

"Cześć nauczycielu,

Mam nadzieję, że jesteś dobry. Postęp w pisaniu jest stały, ale napotkałem przeszkodę, jeśli chodzi o historię.

Mówiąc dokładniej, walczę z tym, ile mojego życia osobistego powinnam w nim uwzględnić. I tak, nawiązuję do tematu, który omawialiśmy w Waszym biurze kilka tygodni temu. Jestem pewien, że rozumiesz, co muszę o tym myśleć.

Proszę pomóż mi!

„Samanta”

Wysłał wiadomość.

Następnie przeczytała e-mail swojej przyjaciółki i wysłała szybką odpowiedź.

Na koniec otworzył e-mail fotografa, który zawierał krótki komentarz wraz z załącznikiem zawierającym w sumie sześćdziesiąt osiem zdjęć.

Pobrała plik i przez chwilę przejrzała obrazy.

To było trochę surrealistyczne widzieć siebie w takim stanie.

Ręce związane za plecami.

Maska, która ukrywała jego tożsamość.

I jej sutki odsłonięte.

Zdjęcia jej na kolanach i na plecach były ekscytujące.

Miłośnicy sztuki erotycznej z pewnością kupią te obrazy na kolejnej wystawie na wystawach sztuki.

Są znakomicie wykonane, pomyślała Samanta.

Przez chwilę zastanawiał się, czy nie powinien wysłać tych samych zdjęć profesorowi.

Może on też chciałby je zobaczyć.

Najwyraźniej rozumie wybory Samanty, które ona bardzo doceniała.

Co więcej, obrazy te były w pewnym stopniu związane z jej zadaniem pisarskim, ponieważ były wyrazem jej własnej seksualności i poszukiwań.

Samanta napisała kolejny e-mail z krótkim nagłówkiem i krótką wiadomością do profesora.

Załączył akta zawierające sześćdziesiąt osiem zdjęć, które fotograf zrobił mu tego samego dnia.

Wysyłał swojemu nauczycielowi więcej zdjęć niewoli, tyle że tym razem było to celowe, a nie przez przypadek jak poprzednio.

Jego palec zatrzymał się na przycisku „wyślij" e-maila.

Zawahała się.

Następnie całkowicie usunął wiadomość e-mail.

Co by pomyślała nauczycielka, gdyby wysłała mu kolejny zestaw zdjęć niewoli?

Prawdopodobnie naśmiewała się z niego, pomyślał, biorąc pod uwagę, że powiedział jej, że to drugie było błędem.

Albo że desperacko próbowała go uwieść.

Przyszedł e-mail.

To była odpowiedź nauczyciela:

„Oczywiście, jutro o dziewiątej rano jestem wolny. Prowadzę kolejne zajęcia o dziesiątej rano, więc czas jest ograniczony.

Wyślij mi swoją historię. Przeczytam to wieczorem i porozmawiamy o tym jutro.

Nauczyciel"

Sprawy toczyły się i koła zostały wprawione w ruch.

Odesłała go e-mailem z załącznikiem swojej historii.

Zastanawiała się, co by pomyślał.

ROZDZIAŁ III

Następnego ranka.

Drzwi do gabinetu nauczyciela były otwarte.

Jak zwykle wyglądał, jakby pracował, przeglądając jakieś papiery na biurku.

Samanta ubrała się podobnie jak podczas ich ostatniego spotkania.

Coś swobodnego, ale z klasą. Nie za seksownie, nie za pruderyjnie.

Nie chciała wysyłać niewłaściwych sygnałów, zwłaszcza w związku z tym, o co będą się kłócić.

Po zapukaniu do drzwi nauczyciel zobaczył uczennicę i zaprosił ją do środka.

Wymienili kilka uprzejmości, gdy usiadła naprzeciwko niego przy biurku.

Jasne, rozmawiali wiele razy na zajęciach, ale prywatne spotkanie zawsze było bardziej wyjątkowe.

– Czy przeczytałeś wszystko? zapytała.

„Tak. I naprawdę mi się podobało" – odpowiedział. „Solidna robota. Masz duży talent. Myślę, że twoją siłą jako pisarza jest realizm. Postacie mają wielką głębię".

Duma eksplodowała wewnątrz Samanty, ale udało jej się ją powstrzymać.

„Dziękuję. Dużo o tym myślałem".

„Jestem pewien, że tak. Jako zadanie pisemne, jest to prawdopodobnie praca na poziomie A" – wyjaśnił. „Ale nie jesteś tym usatysfakcjonowany, prawda? Chcesz zostać pisarzem".

– Tak właśnie jest.

Nauczyciel wziął jakieś papiery.

„Zrobiłem kilka notatek, które chciałem z tobą przedyskutować. Są to proste przykłady, które poszerzają twoje opisy i poboczne historie, abyś mógł napisać dobrą książkę. Chociaż nie oczekuję, że zrobisz to teraz. Szczerze mówiąc, jeśli co student podał mi długą powieść, którą nieustannie pochłaniałem ."

Samanta wzięła papiery i szybko przejrzała notatki.

„To niesamowite. Dziękuję."

– Nie musisz mi dziękować.

„Czy to dotyczy wszystkich uczniów?" zapytała.

„Tylko dla studentów, którzy chcą zostać pisarzami i potrzebują dodatkowego poziomu krytyki. Zawsze chętnie pomogę w tym zakresie".

„Czy kiedykolwiek spałeś ze studentem?" Zapytał bez ogródek, nie przejmując się możliwymi konsekwencjami.

"Dlaczego mnie o to pytasz?"

„Prowadzę badania charakteru do mojego zadania pisemnego".

Uśmiechnął się.

„Czy to prawda? Jesteś bezpośrednią dziewczyną, wiesz o tym?"

„Nieśmiałe dziewczyny nie mogą dostać się do takiej szkoły. To pewne".

– Prawdopodobnie masz co do tego rację.

– Jaka jest więc odpowiedź?

„Tak, ze studentem kilka lat temu" – odpowiedział. „Ale pamiętaj, że nie byłem prześladowcą. Nigdy nie ścigałem seksualnie studentki".

– Więc jak to się stało?

„Powiedzmy, że mieliśmy wspólnego znajomego i spotkaliśmy się na imprezie. Imprezie dla swingersów. Oboje mieliśmy przeciwne cele i te same zainteresowania. Ona była hardcorową uległą. Ja byłem doświadczonym Domem. Resztę możesz sobie wyobrazić".

"Ciekawy."

„Czy to naprawdę będzie w twojej historii?"

„Prawdopodobnie" – odpowiedziała. „W mojej historii młoda kobieta nawiązuje związek z mężczyzną, który jest znacznie starszy i ma znacznie większe doświadczenie życiowe".

– Mam nadzieję, że też przystojny.

"O tak."

„A propos, wspomniałeś w swoim e-mailu o włączeniu życia osobistego do swojej historii".

Samanta skinęła głową.

„Zgadza się. Moje serce i umysł chcą poprowadzić tę historię w tym samym kierunku. Rzecz w tym, że ten kierunek wiąże się, no wiesz, z seksem. Większość młodych ludzi przechodzi przez tę fazę, kiedy chcą po prostu odkrywać seks i jego piękno Myślę, że dlatego to wpływa na moje pisanie".

„I martwisz się, że ludzie będą cię oceniać na podstawie treści twojej historii".

„Dokładnie. Czy przechodziłeś przez to samo ze swoimi książkami?"

„Oczywiście. Ale jest inaczej. Jestem mężczyzną. Ty jesteś młodą kobietą. Społeczeństwo ma wobec nas inne standardy, jeśli chodzi o seks. Ale jeśli oczekujesz ode mnie odpowiedzi w tej kwestii, to jestem Przykro mi, nie mogę ci tego dać. „Odpowiedz. To musi być twoje. To twoja sztuka, twoja historia, nie moja."

Samanta pomyślała przez chwilę i skinęła głową.

"Czy mogę Ci coś pokazać?"

"Oczywiście."

"Poczekaj sekundę."

Samanta chwyciła telefon i przeglądała zdjęcia.

Następnie podał swój telefon nauczycielowi.

„To pochodzi z sesji zdjęciowej, którą zrobiłem wczoraj" – wyjaśnił. – Prawie ci je wczoraj wysłałem, ale nie wydało mi się to właściwe.

Przejrzał wyraźne obrazy.

– Dlaczego więc uważasz, że teraz jest to właściwe?

„Ponieważ cenię twoją opinię. I chciałam ci pokazać, że posłuchałam twojej rady, gdy ostatni raz się spotkaliśmy. Kazałaś mi szanować swoje ciało. Cóż, tak było. Tak. Te pozy to mój pomysł. To moja fantazja a moja ekspresja seksualna jak u zdrowej młodej kobiety."

Nauczyciel ponownie przejrzał zdjęcia w telefonie.

– Z pewnością wyglądasz na zdrową młodą kobietę.

Oddał jej telefon, a Samanta go odłożyła.

"Mogę zadać ci osobiste pytanie?"

„Dlaczego nie? Już zaczęliśmy rozmawiać personalnie."

Przełknęła.

„Jako Mistrz, co byś zrobił swojej uległej, gdyby była w takiej pozycji? Na kolanach ze związanymi rękami."

– Jest jakiś konkretny powód, dla którego chcesz to wiedzieć?

„Jestem po prostu ciekawy. Pomoże mi to w pisaniu zadania, ponieważ zrozumiem, co zrobiłby prawdziwy Mistrz w takiej sytuacji".

Pomyślał przez chwilę.

Być może zastanawiał się, co by zrobił.

Może zastanawiał się, czy powinien to powiedzieć, czy nie.

Samanta nie potrafiła tego stwierdzić.

Wreszcie profesor dał odpowiedź:

„Wytrenowałbym twoje gardło".

Przez chwilę była zaskoczona.

„Ja, chyba masz na myśli..."

„Głębokie gardło. Przepraszam za słownictwo, ale tak właśnie bym zrobił. W tej pozycji jest to najbardziej oczywista rzecz, prawda? Klęczysz. Z rękami związanymi za plecami nie będziesz w stanie oprzeć się mojemu ustnemu wpisowi."

Samanta poczuła, jak jej cipka się zaciska.

– To z pewnością ma sens.

„No cóż, tak właśnie tworzy się dobrą historię. Wyobrażasz sobie wszystkie scenariusze i to, co będzie dalej. Jak różne postacie zareagowałyby w każdej sytuacji. W ten sposób powinieneś myśleć".

"Ja wiem."

Uniósł brwi.

„Wygląda na to, że masz więcej pełnej historii niż ta, którą wysłałeś mi e-mailem".

„Wysłałem ci wszystko” – powiedział z żartobliwą miną. „Mam też wiele pomysłów, ale jeszcze ich nie spisałam. Muszę pokonać niepokój ludzi, którzy znają moje myśli”.

„Autorzy nie mogą przekraczać granic, jeśli martwią się tym, co myślą ludzie. To pewne”.

– Czy masz na to jakąś radę? Zapytał lekko podniesionym głosem, jakby coś sugerował.

„Cóż, wszystkie moje powieści pisałem w ten sam sposób, czyli stworzyć możliwie najlepszą historię, jaką chcę opowiedzieć, i mając nadzieję, że ludziom będzie się podobać jej czytanie”.

"Ma sens."

„Ale nie będę ci tego polecał, biorąc pod uwagę charakter tego, o czym rozmawialiśmy” – dodał. „To musi być twoja decyzja, jaki rodzaj historii chcesz opowiedzieć, jak bardzo jest ona szczera i ile seksu chcesz uwzględnić”.

„A gdybym chciał, no wiesz, przekroczyć granice?”

„To twoja decyzja. Ale jak powiedziałem, nie bądź głupi. Ten świat jest pełen ludzi, którzy chcieliby cię wykorzystać do seksu”.

„A gdybym chciała, żeby mnie wykorzystano? "

Profesor patrzył jej prosto w oczy.

Spojrzała na niego.

Żaden z nich nie był ignorantem.

Wiedzieli dokładnie, co sobie chodzi po głowach.

„Jestem za stary na zabawy, Samanto” – powiedział profesor. „Już byłam hojna, poświęcając swój czas i opinie. Jeśli więc chcesz ode mnie czegoś więcej, nie graj w gierki, po prostu bądź dorosłą kobietą i powiedz to”.

Samanta poczuła ucisk w klatce piersiowej.

Wdychała i wypuszczała coraz mocniej.

„Pomożesz mi? Nauczysz mnie?” Powiedział już z przekonaniem.

– Czego dokładnie cię nauczyć? – zapytał ostro, jak nauczyciel karcący złego ucznia za zbyt niejasne słowa. „Mów jasno”.

„Czy zostałbyś moim mistrzem?"

„Ten wybór jest darem" – powiedział. „Trzeba wybierać mądrze".

Wzięła głęboki oddech.

„Czy właśnie popełniłem straszny błąd? Boże, jestem idiotą. Bardzo mi przykro. Proszę, błagam, nie pozwól, żeby to zrujnowało naszą akademicką relację. Naprawdę chcę kontynuować z Tobą współpracę ."

„Czy jesteś głośny, kiedy masz orgazm?" zapytał bez ogródek.

"Przepraszam?"

„To proste pytanie. Myślę, że dobrze mnie usłyszałeś".

Odchrząknęła.

„Jestem prawie normalny. Ale wszystko zależy oczywiście od mojego nastroju i tego, jak się czuję".

„ Podnieś koszulę, a następnie podnieś stanik, aby odsłonić sutki, jak na tych zdjęciach".

To była chwila prawdy.

Po raz pierwszy Samanta poddała się mężczyźnie.

Podniósł starannie wyprasowaną koszulę, odsłaniając nagi brzuch.

Następnie wyżej, odsłaniając biały stanik, który podkrywał jej nieco wzburzone piersi.

Następnie podniosła stanik, odsłaniając małe, różowe sutki.

„Czy to jest twój pomysł na zdominowanie mnie?" – zapytała, niemal rzucając mu wyzwanie, aby zrobił więcej.

„To początek. Chcesz iść dalej?"

"Tak."

„Bawij się swoimi sutkami. Uszczypnij. Ściśnij. Chciałbym zobaczyć, jak to robisz".

Samanta posłuchała nauczyciela.

Szczypała i ściskała swoje małe różowe sutki, gdy nadal patrzyli sobie w oczy.

„Czy to moja inicjacja?" zapytała.

– Niezupełnie. Jeszcze nie.

Kontynuowała pieszczenie swoich cycków.

"Nie jest?"

„Najpierw muszę zobaczyć, jaka jesteś odważna. Sesja zdjęciowa to jedno, a prawdziwe życie to drugie" – wyjaśnił. „Rozepnij spodnie. Pobaw się dla mnie swoją nagą pochwą. Właśnie tam. Dojdź do orgazmu, ale rób to po cichu. Potem omówimy, jak przekroczyć swoje granice później".

Zaczęła rozpinać spodnie.

"Mogę sobie z tym poradzić."

– Czy to sprawia, że czujesz się niekomfortowo?

„To trochę dziwne" – odpowiedziała, lekko wzruszając ramionami. – Ale to ekscytujące.

Nie mając rozpiętych spodni, wsunęła prawą rękę w majtki i pomasowała łechtaczkę.

Utrzymywali kontakt wzrokowy, gdy się masturbowała, jakby to było pewnego rodzaju wyzwanie.

"O czym myślisz?" spytał.

"Czy naprawdę chcesz wiedzieć?"

"Oczywiście."

Samanta nadal bawiła się swoją łechtaczką.

„Oboje robią razem sesję zdjęciową. Sesja niewoli".

– Co byśmy robili?

„Związałbyś mnie. Potem wytrenowałbyś moje gardło".

"Twardy lub miękki?"

Uśmiechnęła się .

– Dlaczego mi nie powiesz?

„Zawsze jestem miły" – odpowiedział, obserwując, jak jego uczennica masturbuje się dla niego. „Wolę nie spieszyć się i robić to powoli. Gdybym cię głęboko zerżnął, byłoby to prawie romantyczne, w dziwny sposób. Zrobiłbym to bardzo powoli. Upewniając się, że możesz wziąć odpowiednią ilość. Kiedy się do tego przyzwyczaisz, ja pojechałbym trochę szybciej i trochę mocniej."

Samanta szybciej pocierała łechtaczkę, słuchając głosu nauczyciela.

Wyobraziła sobie scenariusz, który opowiedział, gdy mówił.

– O Boże – wydyszał, pocierając się szybciej.

„Myślę, że jesteś gotowy, aby być uległym. A może chciałbym być twoim Panem".

Samanta ponownie wydusiła z siebie słowa „o Boże", gdy osiągnęła orgazm.

Gdy podeszła i spojrzała profesorowi w oczy, nie było w nim żadnego wstydu ani podobieństwa.

Przez chwilę prawie nie mógł złapać tchu, gdy jego ciało napięło się, a potem rozluźniło.

Kiedy już było po wszystkim, zadrżała lekko.

Nauczycielka wstała i podeszła do uczennicy , która wciąż dochodziła do siebie po orgazmie.

– Dobra robota – powiedział.

Nauczycielka założyła Samantę stanik i podciągnęła jej piersi, zakrywając sutki.

Następnie ściągnęła mu koszulę, upewniając się, że jest ładna i schludna.

Następnie pomógł jej zapiąć spodnie.

Kiedy nauczycielka skończyła ubierać Samantę, wyglądała jak nowa, z promiennym wyrazem twarzy i lekko wilgotnymi opuszkami palców.

„Co dalej?" zapytała. "Dla nas."

„Następny? Niedługo mam zajęcia. Muszę iść. I jeśli się nie mylę, ty też wkrótce będziesz mieć zajęcia".

"Mam to."

– Chcesz się jeszcze spotkać?

Skinęła głową.

"Kocham cię."

– Tylko po to, żeby omówić twoje zadanie pisemne?

Zawahała się, głos jej drżał.

„Wiesz, chcę to kontynuować. Moje szkolenie. To doświadczenie jest przydatne w moim procesie pisania".

"I co jeszcze?"

Wiedziała dokładnie, co nauczyciel chciał usłyszeć.

„I myślę, że to bardzo ekscytujące" – odpowiedziała szczerze. „To moja wielka fantazja. Przyszedłem po ciebie, myśląc o tobie. Chcę być twoją uległą".

„ Poniedziałek. Przyjdź do mojego biura o siódmej rano".

"Dlaczego tak wcześnie?"

„Na wypadek gdybyś przypadkowo krzyknął, nie chcę, żeby ktokolwiek to usłyszał".

Oczy Samanty rozszerzyły się, a jej cipka zacisnęła się.

ROZDZIAŁ IV

W weekend wzięła udział w kolejnej sesji zdjęciowej z tym samym fotografem.

W tym samym studiu.

Z tymi samymi dodatkami.

Obrazy stały się bardziej ryzykowne, gdy poczuła się komfortowo ze swoją seksualnością i uległymi preferencjami.

Poprosiła o zacieśnienie lin.

Chciała spróbować poczuć, jak to jest być prawdziwą uległą.

I ona właśnie to zrobiła.

Efekt końcowy był bardzo erotyczny, ale wykonany z wielkim smakiem.

Samanta ponownie klęczała, z nadgarstkami związanymi przed sobą i czarną maską na twarzy.

Podczas sesji zdjęciowej we wszystkich mimikach ciała, jakie wykonała, emanowała dużą zmysłowością, ponieważ cały czas myślała, że nauczyciel ją szkoli.

W sypialni Samanta bez przerwy i intensywnie pisała na swoim laptopie, siedząc w swojej ulubionej pozycji do pisania, na łóżku, z plecami opartymi na poduszce.

Jej współlokatorka, Vicky, leżała na sąsiednim łóżku, ubrana jedynie w T-shirt.

Kiedy Vicky rozciągała swoje ciało, jej cipka była odsłonięta, ale oboje byli przyzwyczajeni do swoich ciał.

„Jedyne, co możesz zrobić, to pisać" – powiedziała Vicky. – Czy kiedykolwiek znudziło ci się to coś?

Samanta pisała dalej.

"Nie ma mowy."

„Prawdopodobnie będziesz mieć dobre oceny w tym semestrze ze wszystkiego, co napisałeś. Chodź, chodźmy na burgery i koktajle".

„Muszę uważać na swoją dietę".

„Więc po prostu zjedz burgera i pomiń shake".

Samanta przerwała i spojrzała na swoją współlokatorkę.

„To niezły pomysł. Minęło zbyt dużo czasu, odkąd ostatni raz jadłem hamburgera".

„Mój prezent. I znam dokładnie to miejsce" – powiedziała Vicky, wyskakując z łóżka.

Samanta już miała zamknąć laptopa, kiedy coś sobie przypomniała. Poszukała zdjęć.

„Czekaj, czy mogę ci coś szybko pokazać?"

Vicky podeszła i spojrzała na wyraźne zdjęcia na laptopie.

Zdjęcia częściowo nagiej Samanty na kolanach, ze związanymi nadgarstkami i w uderzających zmysłowych pozach.

– Cholerna dziewczyna – wykrzyknęła Vicky. "Czy to naprawdę ty?" "Tak."

– Nie miałem pojęcia, że możesz być taki...

„Symbol seksu?" Samanta zażartowała. „Staram się ukryć tę stronę".

Wiki roześmiała się.

„No cóż, cokolwiek robisz, trzymaj się tego. W tym tempie nie będziesz potrzebować nawet dyplomu uczelni, możesz zostać profesjonalną modelką".

„Wolę moją obecną karierę".

– Cokolwiek ci pasuje. Tymczasem jestem głodny. Ubierajmy się.

Samantha patrzyła, jak jej współlokatorka podeszła do szafy i zdjęła koszulę, zostawiając ją zupełnie nagą.

Jak zwykle Samanta poczuła lekki podziw, że Vicky została pobłogosławiona w dziale cycków, dużymi, przyciągającymi uwagę cyckami, ale Samanta starała się nie być zazdrosna.

Poczuła się też trochę winna, że nie powiedziała współlokatorce o sytuacji z nauczycielką.

Od czasów liceum zawsze byli szczerzy we wszystkim, zwłaszcza w stosunku do chłopców.

Nigdy nie mieli przed sobą tajemnic.

Ale to było inne.

Nauczyciel kazał Samantie obiecać, że nikomu nie powie, a Samanta zawsze dotrzymywała słowa.

Zanim wstała z łóżka, Samanta szybko otworzyła konto Gmail i napisała wiadomość dla nauczyciela.

Załączyła najnowszą wersję swojego zadania pisemnego.

Następnie załączył ostatnie zdjęcia niewoli, które zrobił tego dnia.

Wysłano.

Samanta odłożyła laptopa i zdjęła ubrania, rozbierając się obok swojej współlokatorki.

Pilnie potrzebowałam zjeść coś bogatego w kalorie.

CZĘŚĆ TRZECIA
LINY

53

ROZDZIAŁ I

Kiedy nastał poniedziałkowy poranek, Samanta nie martwiła się już swoim strojem ani wyglądem.

Inaczej niż przy innych okazjach, gdy spotykał się z profesorem.

Była już przyzwyczajona do widywania się z nauczycielem na osobności i masturbowała się już dla niego.

Miała na sobie prostą bluzkę, włosy spięte w kucyk i lekki makijaż na twarzy.

Było też za wcześnie, żeby założyć cokolwiek innego.

Były tam także krótkie instrukcje, które profesor wysłał mu e-mailem poprzedniego wieczoru.

Poprosił ją, aby założyła krótką spódniczkę i nie nosiła majtek.

Prośbę, którą bardzo chciała spełnić, choć nie miała pojęcia, co się wydarzy.

Profesor przybył do budynku mniej więcej w tym samym czasie.

O tej porze dnia w pobliżu nie było prawie nikogo.

Miała przy sobie swoją zwykłą torbę biurową, w której zwykle znajdował się jej laptop i książki do zajęć, a także klucze do otwierania drzwi biura.

W tym momencie ich związek stał się swobodny i kiedy się spotkali, zastanawiali się nad swoim weekendem.

Samanta poczuła, że staje się z nim bardziej zalotna, a nauczyciel był znacznie mniej surowy niż w klasie.

Profesor zamykał drzwi, gdy weszli do biura, co było niezwykłe, ponieważ nigdy nie zamykał ich na klucz, gdy byli w środku.

Kiedy usiedli naprzeciwko siebie, rozmowa się zmieniła.

„Czytałem twój dokument" – powiedział. – I widziałem twoje zdjęcia.

To ją zdenerwowało z jakiegoś powodu, którego nie potrafiła wyjaśnić.

Próbowała ukryć fakt, że przez chwilę się wierciła, bo nie chciała okazywać mu żadnej słabości.

– Co o tym wszystkim myślałeś?

„Myślę, że piszesz solidnie. Struktura historii jest dobra. Gramatyka jest bez zarzutu. Świetnie rozumiesz język angielski i podoba mi się, że urozmaicasz opisy. Najważniejsze jest to, że historia i bohaterowie są dobrze rozwinięci. To prawie brzmi: „Wydaje się to autobiograficzne. Jest żywe. Podoba mi się to".

W innym przypadku Samanta byłaby całkowicie zaszczycona pochwałą, którą właśnie otrzymała od nauczyciela, którego głęboko szanowała.

Ale teraz, kiedy siedziała bez majtek, była to ostatnia rzecz, o której myślała.

„Co sądzisz o zdjęciach?"

„Jesteś piękną młodą kobietą, Samanto" – powiedział. – Zawsze tak o tobie myślałem.

„Chciałeś, żebym tu przyszedł o siódmej rano, kiedy nikogo innego nie ma w pobliżu. Kazałeś mi założyć spódnicę. I nie mam też majtek".

– Więc przyszedłeś tu tylko po to, żeby się przeszkolić, tak?

Skinęła głową.

– Czy robię z siebie głupca?

„Wstań i patrz przed siebie".

Samanta wstała, poprawiła koszulę i spódnicę, żeby wyglądać schludnie, i spojrzała przed siebie.

Profesor również wstał i podszedł do niej, przyglądając się uważnie jej młodej, ładnej twarzy, próbując odczytać jej wyraz twarzy.

Usta Samanty zdawały się zacisnąć.

Jego ciało było napięte i sztywne, ale w jego oczach pojawił się mały błysk, jakby czekał na to od dawna.

„Naprawdę cię lubię, Samanto" – powiedział. „Jesteś mądra, zmotywowana, bardzo miła i piękna".

– Dziękuję – powiedziała niemal szeptem.

„Muszę ci powiedzieć, że lubię być Mistrzem. Podchodzę do tego bardzo poważnie. I zawsze poświęcam najwyższą uwagę moim sługom".

Służący? Samantha spodobała się kierunek, w jakim to wszystko zmierzało.

„Rozumiem" – odpowiedziała.

„A co z tobą? Z powodu naszej różnicy wieku i mojego stanowiska na uniwersytecie nigdy nie będziemy mogli się spotykać . Nigdy nie będziemy w stanie nawiązać romantycznego związku. Czy ci to przeszkadza?"

„Umiem dotrzymać tajemnicy. I jestem zbyt zajęta, żeby mieć chłopaka".

„Więc słodka Samanta szuka Mistrza? Z czystej potrzeby seksualnej, prawda?"

– Myślę, że już wiesz – powiedział cicho.

„Myślałeś o tym? Jestem twoim pierwszym Mistrzem? Oddaj mi się całkowicie? Nigdy nie pójdę w połowie. Kiedy już będziesz mój, zrobię z tobą, co zechcę. Doprowadzę cię do granic możliwości. Ale jeśli chcesz to zakończyć , to się skończy."

Cipka Samanty zacisnęła się.

„Właśnie tego szukam. Zawsze chciałem, wiesz, być uległy. I chcę być taki z tobą".

"Ponieważ ja?" on zapytał.

Denerwowała się.

„Ze względu na twoje doświadczenie. Podoba mi się to, że jesteś taki ostrożny. I uwielbiam sposób, w jaki myślisz. Kim jesteś. Kocham tę całą relację nauczyciel-uczeń. Kocham autorytarną władzę, jaką masz nade mną".

„Podnieś spódnicę".

Samantha podniosła spódnicę, odsłaniając gładko ogoloną pochwę i goły tyłek.

Była zdenerwowana i ręce jej się lekko trzęsły, gdy trzymała spódnicę.

„Na żywo jesteś piękniejsza niż na zdjęciach" – powiedział.

"Dziękuję."

„Teraz pochyl się. Połóż ręce na moim biurku. Rozłóż nogi".

Samanta posłuchała.

"Co zamierzasz zrobić?"

„Wyświadczę ci wielką przysługę. To twoje zadanie pisemne. Podoba mi się kierunek, w jakim zmierza twoja historia. Ale musisz się jeszcze czegoś nauczyć. Jeśli chcesz właściwie napisać o podróży seksualnej, to jako nauczyciel , chciałbym, żebyś to zrobił." doświadczenie z pierwszej ręki."

Cipka Samanty drgnęła, gdy utrzymywała swoją pozycję na biurku.

Nie spuszczając wzroku z profesora, który przeszukiwał swoją torbę biurową.

Nie miałam pojęcia, czego szukam, i też nie chciałam szukać.

Za bardzo bałam się spojrzeć.

Chciała tylko pozwolić, żeby sprawy toczyły się dalej.

Jego dłonie zaczęły masować jej gładki tyłek i umięśnione uda.

„Jakie piękne nogi" – zauważył. „Zamierzam wsadzić ci wtyczkę do tyłka. Czy kiedykolwiek czułeś coś takiego?"

„Nie. Myślisz, że mi się to spodoba?"

„Jeśli zrelaksujesz się i zrobisz, co ci powiem, wiele rzeczy sprawi ci przyjemność".

Profesor ugniatał tyłek jak ciasto.

Ściśnij mocno i masuj.

Kiedy rozsunął jej tyłek, Samanta poczuła się bardzo odsłonięta.

Wiedziała, że patrzy głęboko w jej odbyt.

Potem odpuścił.

„To może wydawać się trochę zimne" – powiedział, otwierając lubrykant.

Ciało Samanty drgnęło, gdy profesor dotknął jej odbytu nawilżonymi palcami, ale szybko odzyskała kontrolę, trzymając się nieruchomo.

Palce objęły jej odbyt, po czym wepchnęły się w niego i pokryły odbyt lubrykantem.

„Lubisz seks analny?" spytał.

– Och, tak. Ale tylko wtedy, gdy mam dobry humor. Jak widzisz, z tyłu jest mi trochę ciasno.

„Tak się czuję. A teraz zrelaksuj się, na początku będzie to trochę niekomfortowe, ale przyzwyczaisz się do tego. Obiecuję."

Po odsunięciu palca profesor przyłożył zatyczkę do kolczyka odbytu Samanty.

Miał cztery cale.

Zarządzany dla każdej kobiety.

Delikatnie pchnął i dzięki lubrykantowi czop przeszedł przez pierścień jego odbytu.

Ciało Samanty wiło się i dyszało, ale zachowała spokój.

Wsunął go tak, że znalazł się całkowicie w środku.

Zatyczka analna została zaprojektowana tak, aby sięgała czterech cali, a następnie została zatrzymana przez płaską powierzchnię, tak aby Samanta mogła później usiąść bez większych niedogodności.

„Teraz włożę ci coś do pochwy" – powiedział. „Mały wibrator, który tylko ja mogę kontrolować".

Samanta potrząsnęła tyłkiem.

„Jestem zdany na twoją łaskę".

"Dobra dziewczynka."

Profesor zajrzał do swojej torby biurowej i wyjął mały wibrator o długości około sześciu cali, wyposażony w paski umożliwiające jego zawiązanie.

Rozchylił wąskie, brązowe usta Samanty, odsłaniając jej różową szczelinę.

Była mokra, więc wiedziałem, że jest podniecona.

Następnie przycisnął wibrator do jej mokrej dziurki i pchnął.

Wejście było łatwe, zwłaszcza że nogi Samanty były rozłożone, a jej cipka podniecona.

Cal po calu wibrator przedostał się do pochwy Samanty.

Przycisnęła dłoń do stołu, ciesząc się uczuciem wejścia, a także ciesząc się faktem, że robił to profesor.

Kiedy mały wibrator znalazł się całkowicie w środku, nauczycielka zapiął paski wokół nóg i tyłu Samanty, aż wibrator był całkowicie zamocowany.

„Bez względu na to, jak mocno wibruje to małe coś, nigdzie się nie wybieram". Pomyślała

– A teraz usiądź – powiedział profesor.

Samanta wstała, poprawiła spódnicę i usiadła z powrotem na siedzeniu przed biurkiem.

Tak jak się spodziewałem, było trochę niezręcznie.

To był mój pierwszy raz, kiedy użyłem zatyczki analnej i dziwnie było na niej siedzieć.

Jego odbytnica była rozciągnięta i miał wrażenie, że tyłek już go bolał.

Wibrator umieszczony w jej cipce również był dziwnym uczuciem.

Nigdy wcześniej nie czułem czegoś takiego.

Zwykle, gdy coś o takim kształcie i rozmiarze znajdowało się w jej cipce, Samanta leżała na plecach lub na czworakach, bez siadania.

W sumie to uczucie było surrealistyczne.

Obie jej dziury były wypełnione zabawkami erotycznymi.

I było to z jakiegoś powodu.

Choć było to niewygodne, było jednocześnie podniecające seksualnie.

„Następnie przywiążę cię do krzesła" – powiedział.

Przełknęła.

"Mogę sobie z tym poradzić."

Profesor dotrzymał słowa.

W jego torbie biurowej znajdowały się niebieskie liny, które wydawały się mieć gładką teksturę.

Kiedy lewy nadgarstek Samanty przywiązano do kanapy, przekonała się, że miała rację.

Lina była miękka na jej cennej skórze.

Węzeł, który zawiązał nauczyciel, wydawał się profesjonalny i prawidłowy.

I zrobił to z idealną presją.

Ten sam proces powtórzono z prawym nadgarstkiem.

Następne były kostki.

Obserwowała, jak profesor umiejętnie powtarza ten proces z każdą z jej kostek.

Spojrzała na niego i była zachwycona jego umiejętnościami.

Z pewnością był doświadczonym mistrzem, zwłaszcza jeśli chodzi o liny, pomyślała.

Nic dziwnego, że profesor był tak wyrozumiały dla zdjęć Samanty w niewoli, skoro miał dokładnie ten sam fetysz, pomyślał.

Kiedy skończył, Samanta była całkowicie przywiązana do krzesła, z zabawkami erotycznymi w tyłku i pochwie.

To był inny rodzaj euforii niż udział w sesji zdjęciowej.

To było prawdziwe życie.

I był całkowicie zdany na łaskę swojego nauczyciela, którego głęboko podziwiał.

Odchylił się do tyłu, opierając tyłek o biurko i patrząc na swoją pracę.

Samanta przywiązana do siedzenia.

„Chciałbym, żebyś mógł siebie zobaczyć" – powiedział profesor. „Taka piękna, taka bezradna. Idealny przejaw uległości".

Skinęła głową.

"Dzięki Tobie."

„Czy tego się spodziewałeś? Jak się czujesz? Czy żałujesz tego? Czy uważasz to za upokarzające? Powiedz mi i bądź precyzyjny".

Zebrała myśli.

"Czuję, że żyję. Czuję się przy Tobie bezpieczna. Bo wiem, że nigdy byś mnie nie skrzywdziła. Jest w tym pocieszenie. I uwielbiam być pod Twoją kontrolą. Twoją seksualną kontrolą. Oddaję się Tobie. Ja nie wiem, czy kiedykolwiek będę w stanie to w pełni wyjaśnić." , ale tak właśnie się czuję."

„Tam jest" – zauważył. „To są myśli, o których musisz myśleć, aby pewnego dnia zostać wielką pisarką. Stajesz się kobietą zestrojoną ze sobą. Kwitnącą".

– Ja też chcę to poczuć.

„Jestem o krok przed tobą" – powiedział, trzymając małe urządzenie. „Te przyciski kontrolują wibrator w Tobie. Co oznacza, że teraz kontroluję Twoje ciało i umysł. Czy nadal chcesz doświadczyć stylu życia, którego tak długo pragnąłeś?"

" Tak ... "

Gdy tylko te słowa wyszły z jego ust, profesor nacisnął przycisk, który spowodował uruchomienie wibratora.

Całe ciało Samanty zatrzęsło się, a jej twarz wykrzywiła się.

Kiedy ciągnęła, jej ramiona mimowolnie pociągnęła za liny, ale bezskutecznie, liny były zbyt mocne.

„To dopiero pierwszy krok" – powiedział.

Zabawka erotyczna nadal wibrowała w jej cipce.

„O Boże, to uczucie... Nigdy wcześniej nie używałam takiego wibratora. Czuję się tak..."

Nauczyciel obserwował, jak uczeń wierci się ostrożnie, naciskając kolejny przycisk, zwiększając moc wibratora o kolejny stopień.

Samanta wyglądała na zdyszaną, jej oczy się rozszerzyły, a usta utworzyły literę O.

Wydawało się, że na chwilę zabrakło jej tchu, gdy wibrator zaczął działać magią.

„Na tym polega istota uległości" – stwierdził profesor. „Mam pełną kontrolę. Jesteś całkowicie zagubiony . A moim obowiązkiem jest sprawić, żebyś doszedł. Teraz nie musisz się już zastanawiać, jak to jest. Doświadczasz tego na własnej skórze, prawda?"

Z trudem mówiła.

"Tak ..."

„Chcesz osiągnąć orgazm?"

Skinęła głową.

"Tak ..."

Jego głos zamarł, gdy wibracje stały się przytłaczające.

Następnie profesor nacisnął przełącznik, który ustawił wibrator na najwyższy poziom.

To spowodowało, że całe ciało Samanty zadrżało, a jej dłonie zacisnęły się.

Jej pośladki mimowolnie dotknęły nasadki pośladka.

Jego oczy zamknęły się i jęknął głośno.

Kiedy Samanta płakała i krzyczała, nauczycielka obniżyła wibrator do pierwszego stopnia i Samanta była w stanie się uspokoić.

„Jesteś za głośny" – zauważył profesor. – Moglibyśmy zostać złapani, jeśli będziesz tak krzyczeć.

„Tak mi przykro" – odpowiedziała, oddychając ciężko, gdy zabawka erotyczna wciąż szumiała w jej cipce. „To było tak intensywne. Nigdy wcześniej nie czułem czegoś takiego".

„Ale nadal chcesz osiągnąć orgazm, prawda?"

Pokiwała głową, mrużąc oczy jak słodki szczeniak.

"Oczywiście."

– W takim razie będę musiał cię jakoś zakneblować. Jakieś sugestie, co mogę włożyć ci do ust, żebyś był cicho !

To było pytanie retoryczne.

Oboje o tym wiedzieli.

Samanta była na tyle mądra, że podchwyciła sugestię profesora.

I ona też go kochała, całym sercem.

„Twój kutas".

Uśmiechnął się.

„Tylko po to, żeby cię uciszyć ? A może chcesz, żebym wytrenował twoje usta?"

„Chcę się przeszkolić. Głębokie gardło, takie, o jakim marzyłem".

"Dobra dziewczynka."

Nauczyciel odłożył pilota i zaczął rozpinać spodnie.

Samanta z niepokojem obserwowała, jak profesor się uwalniał.

Zauważyła, że był prawie w pełni wyprostowany, a jego rozmiar był imponujący.

To tylko podnieciło ją jeszcze bardziej.

Zrobił krok do przodu, jego kutas zwisał przed twarzą Samanty, a pilot w dłoni.

„Włożę ci mojego kutasa do ust" – powiedział. „Będziesz to ssał. I wejdziesz głęboko do gardła. Jednocześnie sprawię, że dojdziesz wibratorem. Rozumiesz mnie?"

– Tak – zgodził się.

„Zapamiętaj to uczucie. Wykorzystaj to uczucie podczas pisania. Może ci się spodoba. Może go znienawidzisz. Ale przynajmniej próbowałeś".

„Chcę tego. Bardziej niż czegokolwiek."

Powiedziawszy to, profesor skierował swojego kutasa w stronę twarzy Samanty.

Otworzyła usta i przyjęła to.

Wsunął się pomiędzy jej wargi, a ona objęła go wargami i zasysała.

Profesor sapnął.

„Masz usta jak anioł" – zauważył. „Ssij dalej".

I Samanta to zrobiła.

Ssała i kiwała głową najlepiej, jak potrafiła.

Jedyne, co mógł zrobić, to poruszać szyją w przód i w tył.

Pracowała ustami i językiem.

Zapewniła mu dobre ssanie i okręciła językiem wokół czubka jego erekcji.

Wiedziała, że to było coś, co mężczyźni absolutnie kochali.

I uwielbiała to robić.

Uwielbiała także czuć, jak jego kutas twardnieje w jej ustach.

– Zrelaksuj się – powiedział. „Zamierzam zejść głębiej. Nie walcz z tym".

Profesor położył dłoń na czubku głowy Samanty, a następnie delikatnie pchnął, wciągając jego penisa głębiej.

Zakrztusiła się trochę, po czym się cofnął.

Teraz znał ustne ograniczenia Samanty .

Dziewczyna miała standardowy odruch wymiotny.

Wrócił do środka, dokładnie tam, gdzie Samantha miała odruch wymiotny i to wszystko, co mu się udało.

Chciał seksualnie wytrenować jej gardło, a nie doprowadzić do wymiotów.

„Teraz sprawię, że dojdziesz" – powiedział. „Odpręż swoje ciało. Jesteś teraz pod moją kontrolą."

Nauczyciel nacisnął przycisk i wibrator wrócił do najwyższego poziomu.

Samanta wierciła się na krześle, traktowana jak niewolnica.

Jej pośladki ponownie wcisnęły wtyczkę do jej małej dziurki.

Jego oczy zrobiły się wilgotne.

Jego dłonie zacisnęły się w ciasne węzły.

Jego palce zacisnęły się wewnątrz butów.

Małe biuro wypełniło się dźwiękiem małego, ale potężnego wibratora, pracującego magią w mokrej cipce Samanty.

Z ust Samanty dobiegły także odgłosy wymiotowania i stłumione piski.

Sprośne odgłosy ssania i siorbania.

„Ssij dalej" – powiedział. „Możesz zrobić jedno i drugie. Ssać i mieć orgazm w tym samym czasie".

Samanta wróciła do koncentracji na ssaniu kutasa profesora.

Może to wyeliminuje skrajne uczucia w jego dolnym regionie, pomyślał.

Próbowała, jak mogła, przesuwać językiem wokół członka, ale było to trudne, ponieważ kutas znajdował się aż do jej gardła.

Starał się też jak najlepiej pracować ustami.

Nigdy wcześniej nie robiła głębokiego gardła facetowi, więc było to dla niej niezwykłe doświadczenie pouczające.

Kiedy ssała, doznania w jej cipce osiągnęły potężną intensywność.

Ciśnienie rosło i rosło.

Podobnie ból spowodowany długotrwałymi wibracjami, a także ból odbytnicy i ból w miejscach związanych ze związanymi kończynami.

Wydała dźwięk stłumiony przez jego kutasa.

„Jesteś bliski dojścia?"

Jej zapłakane oczy patrzyły na profesora.

Z oczami szczenięcia.

Skinęła lekko głową, najlepiej jak potrafiła, nie raniąc penisa profesora.

Profesor uśmiechnął się.

„Wyjdź na mnie, kochanie. Po prostu zrelaksuj się i pozwól, żeby to się działo".

Samanta zamknęła oczy i skoncentrowała się na ssaniu kutasa, który znajdował się w jej gardle, wraz z potężnymi uczuciami w jej dolnym obszarze.

Rzeczywiście, orgazm nadszedł.

Teraz nie mógł już utrzymać uścisku pięści i palców u rąk.

Jego mięśnie rozluźniały się.

Bolało go ciało.

Poczuła potężne uwolnienie w swojej cipce.

Ciśnienie osiągnęło punkt kulminacyjny, a orgazm był nie do opisania.

Kiedy nadszedł, poczułem, że tryskam.

Płyn wytrysnął z jej pochwy, zakrywając wibrator i robiąc bałagan tam, gdzie siedziała.

Normalnie byłaby przerażona bałaganem, jaki robił na jej spódnicy, ponieważ musiałaby chodzić po korytarzach i przez cały kampus z tą plamą po orgazmie.

Ale to nie był normalny czas, nie w tej chwili.

Liczyło się dla niego tylko to intensywne uczucie.

Nic innego się nie liczyło.

Pieprzyć mokrą spódnicę.

To był najbardziej niesamowity orgazm w jej życiu.

Oddychała ciężko z zamkniętymi oczami.

Potem uspokoił się i westchnął.

Wtedy nauczyciel wiedział, że właśnie skończył cumming.

Nie było sensu dalej niepokoić Samanty, więc wyłączyła wibrator.

„To było piękne" – powiedział. „Ale teraz moja kolej. Masz jeszcze energię?"

Podniosła wzrok i skinęła głową, a w jej oczach pojawiły się łzy po orgazmie, którego właśnie doświadczyła.

Profesor poruszył biodrami.

W ostatnim akcie chciałem wyruchać ją w usta i gardło i dokładnie to robiłem.

Kontynuowała ssanie.

Kiedy powróciła mu energia, wrócił do pracy językiem i wargami.

„Połknij to" – powiedział.

Jedną ręką trzymał głowę Samanty nieruchomo, a drugą wściekle głaskał całą długość jego twardego, wściekłego penisa, podczas gdy czubek jego erekcji znajdował się w ciepłych ustach Samanty.

Samanta była dumna, że potrafiła sprawić, że nauczyciel był tak surowy, i to zadziałało.

Dzięki temu poczuła się seksowna, pożądana i pożądana przez niego.

Orgazm wystrzelił do ust ucznia.

Strumień za strumieniem nasienia przedostał się do ust Samanty, na jej język i do gardła.

Z każdym strumieniem nasienia Samanta przełykała.

Lubiła to robić, szczególnie teraz w przypadku mężczyzny, który właśnie zapewnił jej niezapomniany orgazm.

Cieszyła się smakiem i konsystencją jego spermy.

Poczuł to w ustach.

Obrócił go językiem.

Nie było to coś, o czym miała szybko zapomnieć.

Kontynuowała ssanie, aż wszystko się skończyło.

Następnie, gdy sperma ustała, okręciła językiem wokół główki jego kutasa i polizała otwór.

Kiedy kutas stał się miękki, wypuściła go z ust, całując przy tym głowę na pożegnanie.

Samanta spojrzała na swojego nauczyciela, który patrzył na nią.

Ich oczy się spotkały.

Było między nimi subtelne zrozumienie.

Wiedzieli, co myśli drugi.

Samanta była uległą dziewczyną, która w końcu mogła doświadczyć swoich fantazji.

A profesor był człowiekiem, który potrafił cieszyć się swoją miłością do edukowania kobiet.

„Tak właśnie wygląda uległość" – powiedziała. „Teraz już wiesz. Zrób z tą wiedzą, co chcesz".

„Uwielbiałem to. Każdą sekundę" – westchnął i przez chwilę się uspokoił.

„Cieszę się, że doświadczyłaś tego, czego chciałaś. Jeśli jesteś grzeczną dziewczynką, możemy zrobić to jeszcze raz."

Posłała mu czuły uśmiech:

– Lepiej. Ponieważ piszę długą powieść.

Kiedy nauczyciel rozwiązał nadgarstki uczennicy, złożył delikatne pocałunki na jej czole.

Był współczującym Mistrzem.

A Samanta była bardzo ciekawską i wytrwałą uległą.

Oczywiście, że zrobiliby to jeszcze raz, pomyślał.

KONIEC

69